궤적 : 그 해 그 겨울

뜨락에 시선 011

궤적 : 그 해 그 겨울

뜨락에 시선 011

초판 1쇄 인쇄 | 2023년 04월 10일
초판 1쇄 발행 | 2023년 04월 15일

지 은 이 | 한혜숙
펴 낸 이 | 박가을
펴 낸 곳 | 도서출판 뜨락에
디 자 인 | 박영규
편집인쇄 | 세종 P&P
등록번호 | 제2015-000075호
등록일자 | 2015년 9월 3일
주 소 | 경기도 수원시 권선구 세권로 138번길 61 2층
전 화 | 031-223-1880
전자우편 | kwang6112@naver.com

ISBN 979-11-88839-18-6 03800

값 12,000원

* 본문 페이지에서 한 연이 첫 번째 행에서 시작될 때에는 〈 표기를 합니다.

* 저자의 의도에 따라 작품의 보조 동사와 합성 명사는 띄어쓰기가 달라질 수 있습니다.

궤적 : 그 해 그 겨울

한혜숙 시집

■ 궤적의 한 자락

시와 접한 지 20여 년이 흘렀다. 2017년 등단하고 열정이 넘쳐 써둔 시와 남편이 떠난 이후 울분으로 써 내려간 몇 편의 시들을 이제야 하나하나 퇴고하고 다림질하고 있다.

그러고 보니 나의 시에는 서정적인 모습은 찾아볼 수 없다. 건강한 시 또한 찾아보기 힘들다. 시를 지배했던 키워드는 생의 본질과 나의 유약한 본성, 진실과 맞선 인간의 고뇌, 본능, 아픔의 흑백사진이다.

나의 인생의 궤적이라고 볼 수 있는 시의 흐름을, 1부 「그해 그 겨울」은 황망히 남편을 떠나보내야만 했던 몸부림을 '분노', '그리움', '인정', '의지'로 전이되는 비애를 담았으며, 2부 「절구통을 잃어버린 절구」에서는 평생 숨죽여 살아오신 어머니에 대한 가슴 저린 슬픈 사유를 담은 '기억의 시간', 가정을 돌보지 않은 아버지에 대한 원망을 담은 '염증의 시간'으로 얼룩진 마음을 표현했다. 3부 「테두리」는 시인이라는 인생의 궤적을 이어주는 가족의 이야기와 영감의 원천인 커피, 산, 예술 등 내재 된 감성의 테두리, 획일화된 세상의 프레임을 벗어나고자 하는 욕망의 시적 진술이다. 4부 「불청객」에서는 내 삶을 침범한 사고와 병으로 붕괴된 육신과 영혼의 아픔을 불청객으로 형상화했다. 5부 「시인의 세레나데」는 시를 쓰며 시어와 씨름하고, 고뇌하는 나의 모습이 투영되어 있다. 할머니를 닮은 것일까? 하나뿐인 손자가 9살 때 쓴 시적 통찰력이 느껴지는 동시 세 편도 실었다. 6부 「나 그리고 타인」에서는 사랑의 기억, 존재의 이유 그리고 타인의 모습을 내게 투영하며 존재의 궁극을 탐구하는 과정이 그려져 있다.

나의 인생 궤적을 송두리째 담았기에 자칫 방대한 주제로 난삽해질 수 있는 프레임을 탈피할 수 있었던 건 자칭 '송단 시인의 1호 팬'인 딸이 있었기에 가능했다. 내 시의 발원부터

철학적 사유를 거시적인 관점에서 도출하고 다층적이고 흩어져있던 시들을 주제 영역과 각 장으로, 구조적으로 형상화하여 더욱더 빛날 수 있도록 생기를 불어넣어 준 딸과 깊은 창의력으로 작품의 가치를 높여 표지 디자인을 해준 아들에게 감사한 마음을 표하고 싶다.

남편이 잠든 현충탑을 다녀오는 길,
솔 향기 그윽한 양양 '카페 로그'에서

송단 한혜숙

■ 차 례

1부 그 해 그 겨울

늦은 전언 23

화장(火葬)하는 밤 24

그 해 그 겨울 26

고복(皐復) 28

궤적 30

아차산을 오르며 31

부재 33

시시각각 변하는 하늘에서 당신을 찾습니다 35

순간 37

터널 39

멈춤의 시간 41

의식(儀式) 43

숨소리 44

2부 절구통을 잃어버린 절구

절구통을 잃어버린 절구	49
지움의 시간	50
39일	52
비상구	54
줄	56
꼰대	57
낡은 양복	58

3부 테두리

순도 99.9 63
개불알꽃 64
보물 1호 65
동침 67
오뚝이 68
작은 풍선 69
오늘도 71
황홀과 익사 사이 72
미륵에 들다 73
정상 75
밀애 76
문학관 가는 길 78
매료(魅了) 79
월담 80
갈구 81
물정 82
주홍 글씨 84

4부 불청객

불청객	89
뇌경색	90
검은 꽃	92
점검 중	93
환지통	94
타인	95
중증 환자	96
천적	97
분수	99
데칼코마니	100
나이에 불변은 없다	101
저물어가는	103
기죽은 봄	104
기억의 방식	106

5부 시인의 세레나데

시인의 세레나데 111

채집 112

나는 시인이다 113

속내 114

씨름 115

천둥 번개나 사람이나 116

따개비 117

물속을 떠다니는 점박이 118

6부 나 그리고 타인

연리지 123

천년찻집 124

두물머리 126

나라는 여자 128

존재 129

가장 나지막한 130

사기 132

현재 속 과거 134

흑해 미인 136

1950m 138

얼라리 139

과정 140

1부

그 해 그 겨울

1부 그 해 그 겨울

1) 분노

늦은 전언

화장(火葬)하는 밤

2) 그리움, 사무침

그 해 그 겨울

고복(皐復)

아차산을 오르며

궤적

3) 인정, 체념

부재

시시각각 변하는 하늘에서 당신을 찾습니다

순간

터널

멈춤의 시간

4) 의지

의식(儀式)

숨소리

늦은 전언

그날 미세 먼지들의 산란은 집요했다.
씻어내도 털어내도 엉겨 붙는
더욱 끈질겼으며 깊숙이 파고들어
바늘로 찌르는 고통은 모든 걸 뻑뻑하게 만들었다
시선이 불투명했고 단조로웠다
머릿속이 하얗다는
그 뜻, 그 의미가

거울은
환상을 내동댕이치고
거울 속에서 퍼즐 놀이를 한다
유언장이라도 써 놓지
줄 것도 남길 것도 없는
피 멍든 너의 온몸이 나의 유언이 되겠지

죽인 이들은 죽은 이의
흐르는 피를 틀어막고 적막을 감춘다
어디에선가 새어 나온 비밀의 끈이
적의를 품고 달아나는 사람을 숨기지 못했다
감춰진 진실마저
사각 판에 이름을 새긴다

화장(火葬)하는 밤

슬픔과 서글픔 사이에서
오늘도 나는 저린 가슴을 말리고 있다.

질긴 파편들이 주위를 서성인다.

발톱 세운 고양이 되어
방 귀퉁이에 똬리 튼 채
호흡마저 짧아진다.

발정 난 암코양이
사랑을 구걸하며 온 밤을 울 듯
달빛에 충혈된 분노가 수십 개의 칼이 되어
표출된 가시를 하나씩 제거한다.

나는 메마른 늑골을 부여잡고
꺼억꺼억 남아있는 찌꺼기를 뽑어낸다.

가슴속 불덩이를 끌어내어
발작으로 발작을 다스린다.
아무리 태워도 나를 향한 끈질긴 눈초리들은
침묵하며 따라온다.

화장(火葬)하는 밤을 지우기 위해

꾸역꾸역 밥을 먹고
새빨간 립스틱을 바른다.

당신은 알까?
태울 수 있는 것도
태울 수 없는 마음을

세상의 멸시를 등에 업은 채
벽에 기댄 시커먼 괴물도
등을 바짝 구부린 채 울고 있다.

화장(火葬)의 기억을 인쇄해서 가슴속 깊이 감추어 둔다.

그 해 그 겨울

나는 내가 미쳐가고 있다고 생각했다.
미친 듯 걷고, 또 걸었으며
뛰쳐나가 무작정 버스에 올라타 울었다.

여행 다니며 새로운 추억을 쌓아가던 모습
카페에 가서 커피 마시며 담소하던 모습,
모든 일상이 장황하게 스쳐 지나가 눈물이 앞을 가린다.
딸이 사진사가 되어 다정한 아빠 엄마의 모습을 많이도 찍어 줬는데……

한마디도 내뱉지 못하고 떠난 당신!
새벽마다 가슴을 치며
미친 듯 독백을 하고,
가슴속에 돌을 빼 내려 몸부림치지만
버거운 고통에 살이 찢기는 아픔은
때리고 후려쳐도,
암석처럼 질기게 달라붙어 반복된 일상을 그린다.

오지 않을 것 같던 봄이 왔다.
벚꽃이 골목을 연분홍빛으로 물들이고,
라일락의 향기가 후각을 자극하고,
철쭉이 꽃망울을 머금고 있어도
반갑지도 않고 예쁘다고 느끼지도 못한다.

미우나 고우나 40년을 그렇게 지내 온 우리였는데,
이제는 우리가 아닌
이승에서의 나
저승에서의 당신
내 속에 간직한
대답 없는 당신을 외치고 또 불러봅니다.

고복(皐復)

너무도 머나먼 길을 떠난 당신
소리 높여 부르짖고 헤매이다
감당하기 힘든 고통에 가슴을 치며
다시 당신의 죽음을 각인시키고
몸부림치며 간직해야만 하는 이 몹쓸……

저녁 해는 머 언 산허리로 걸어가고
나의 마음을 아는지 모르는지
강물 빛이 발그레하다

온몸이 터지고 너덜거려도
치고 올라와 부화하고 떠나는
연어의 생애를 감싸 안는
흐름의 강물

내 가슴과 당신의 가슴을 점령한
피할 수 없는 3년의 투병
수없이 많은 날
잠 못 이루고 괴로워하던
당신 모습이 투영되고
끝내
나를 더 이상 감싸주지 못하는
〈

이제
아파하지도 울지도 말자
톰톰한 돌멩이 하나 들어
쫑쫑 쫑 토르 륵 톡 톡
내 안의 물수제비를 톡톡 집어 던지며
내 마음도 당신의 사랑도 함께 떠나보내지만
날카로운 칼날 되어 얼굴을 싸늘하게 스친다

궤적

궤적이 지나간 자리
가슴에 빗살무늬 깊게 페어
가시처럼 박힌 당신의 허상을 쓰다듬으며
시간의 테두리 속에서
관계의 늪에서 빠져나오려고
몸부림치면 칠수록
더 빠져나올 수 없는

시간을 되돌릴 수 없음에
초침 바늘을 토해내며
열꽃으로 짓무르고
콧물, 눈물 입안으로 삼키고
다하지 못한 인연은
못다 한 이야기는
조각조각 간직해서
내 질곡의 삶 속에 감춰두고
끝내 추를 멈추고 싶다

거부할 수 없는
시간의 다리를 건너
굴렁쇠 되어 돌고 돌아
당신 곁에 닿으면
함께 한 지나온 세월, 그 아픔까지도
기억하고 느낄 수 있을지……

아차산을 오르며

숲길을 걷고
산길을 따라
가쁜 숨 몰아쉬며
층계 오를 때마다
가슴속에 묻어둔 사연을
하나씩 툭툭 던지건만
돌덩이처럼 포개져 누르는
이 아픔 사라지기는커녕
더 많은 한숨만 쏟아내고야 만다

동행이 사라진 이 길
이제 혼자다
그 어떤 이야기도 웃음도 대답도 들을 수 없다

넓은 바위
내 안방인 양 걸터앉아 따뜻한 커피를 마시며
한 호흡 쉬어가고
고구려 정에 올라 탁 트인 시가지를 보며
또 한 박자 쉬어가고

해맞이 광장에 올라
발 디딜 틈 없는 인파 속에서
손을 잡고 해맞이하던 때가 언제였을까

〈
생태공원이 나의 눈길을 잡는다
어느새 수련이 피었을까
언제 저 꽃들이 피었을까
우두커니 서서 홀린 듯 바라보고만 있다

부재

텅텅
비인

관객도 없는 연기자가 되어
구석에 틀어 앉아
몸을 구긴 채
머리채를 움켜 지고
세상이 떠나가도록 통곡한다.

뜨거운 눈물이,
짠 물이
목덜미를 적시며 흘러내려도
마냥 그렇게
그냥 짓무르도록

눈물도 리듬을 타나 보다
주르륵 주르르
영혼의 부재를 긁으며
소용돌이치는 가슴을 부여잡고
배꼽이 눈물을 마시고
구겨진 관절이 울어도
<

그
렇
게
시계는 돌고 또 어김없이 돌아가도
시간은 되돌릴 수 없다는 진실을
깨달아 가고 있다.

시시각각 변하는 하늘에서 당신을 찾습니다

당신이 검붉은 피를 뿜어내던 날
나는 붉은 하늘을 보았습니다

당신을 묻고 오는 날
나는 누런 하늘을 보았습니다

희뿌연 하늘에
첫눈이 내리니
하얀 하늘이 보입니다

벚꽃이 내린 골목을 보니
코발트 빛 하늘이 보이고
소중한 기억이 새삼 되살아납니다

연애편지를 찾아 읽고 있을 때
하늘은 잿빛으로 변했습니다

사망은 한 줄 붉은 도장으로 남고
하늘은 어느새 먹구름이 되어
피눈물이 흐르고

짓무르고 쓰라린 눈물로
불러보아도 몸부림쳐도

대답은 먼지처럼 사라지고 맙니다

이승과 저승의 틈을 비집고
천 갈래 만 갈래 찢어진 이 한숨
이 고통 띄워 봅니다

순간

사십 년,
거기까지다.
몸속에 피를 남김없이 다 뿜어내고
허연 눈자위 부릅뜨고
악! 소리 한마디 못 하고
그렇게 황망히 떠났다.

억울해! 억울해!
새벽마다 일어나 가슴팍을 두드리며
피를 토하는 심정으로 소리죽여 울부짖었다.
슬픔은 남은 자들의 몫이라 했던가
가족사진 속 남편은 어색한 듯 미소 짓고 있다.

파파 할아버지가 되어도
내 가방 들어 주며 정답게 살자고 했건만
손자 크는 거 보며 재미있게 살자 했는데
삼 년 병간호가 물거품이 된 순간
모든 게 다 날아갔다.

아침까지도 사진 보내요.
잘했어요. 했던 사람이
병원 실수로 폐 조직을 떼어낸 이후
그 많은 피를 쏟고

다시는 돌아오지 못할 길을 떠나며
한마디 말도 못 하고 떠났다.

순간순간
가슴 속에 돌덩이가 들어 있는 듯 무겁게 짓누른다.
그 그림자 끝에 매달려 있지 않으려고 무던히도 애썼다.
잊자, 잊자, 잊어야지

터널

간혀버린 작은 바다
집채만 한 파도
끝난 것은 죽음만이 아니다
또 다른 삶의 단절이다
전깃줄에 엉켜있는 혈관을 풀고 풀어도
풀리지 않았던 반년을 점쳐본다

일그러지고 비틀어버리고 뭉개버린,
흙탕물의 파장은 난타의 울림만큼 머릿속을 채우고
알 수 없는 기운에 이끌려 흐느적거리는
떠도는, 떠 있는,
떠밀리는 시간 속에서 가위에 눌리고
혼자 천장만 바라보고 실없이 울고 웃고
귀신도 허공에 대고 웃는다

도처에 숨어있는 시선들이 나를 훔쳐본다.
가슴 깊숙이 웅크리고
또 섞이지 못하고 벽을 쌓는다
거부하면 거부할수록 더 깊은 상처만 남은 힘겨웠던 순간들
두렵고 고단함을 피해 귀퉁이를 돌아 오만함을 숨긴다

네모의 창으로 괴로움이 밀집되어 말간 빛을 투영시킨다
내 안에 있는 나에게 독백을 한다

그는 이제 이방인이 되었다고
길고 어두운 터널을 빠져나와야 한다고
와인 한잔에 위를 붉게 물들여 본다

멈춤의 시간

소중한 기억도
나의 생활도
다 잃어버렸다.

병들어 있는 내 마음을 대변이나 하는 듯
오늘 날씨는 흐림이다.

안개 속 고운 먼지와 뒤엉킨
새벽 두 시
밤새 헤매던 깜박 잠이
들끓는 나의 마음을
더 앙상한 표정으로 무겁게 누른다.

모든 사고가 멈추고
사망은 폐쇄라는 기록으로 남고
당신을 태운 가루는
삼중 노자기 속으로……

울부짖으며 가슴을 주먹으로 치던
몇 달의 수많은 시간은
그렇게 흐르고 흘러
이제는 속 울음 삼키며
바람막이 없는 체념은 오롯이 내 몫이 아닐까?

시린 눈물과 저린 아픔은
무수히 많은 모래 속에 묻어 둔다

햇살처럼 품어 주던
무수히 많은 은은한 밀어를 생각하며
힘든 시기는 조금씩 곁을 떠나보내고……

곱디 고운 꽃비가 내린 골목은
어느새 연분홍 양탄자가 되어
내 발길을 다시 돌아보게 한다.

의식(儀式)

곁을 떠난 지 1주년

그가 키우던 구아바 나무
웃 가지가 더 이상 자라지 못하고
편두통을 앓고 있다

너마저
또 그렇게,
무늬 없는 줄기에
검은 멍이 번지고
시들시들 시들임에 익숙해지고

나도 너처럼 시들시들 병들어가고
의술의 힘에 이끌려 통 속으로 몸을 밀어 넣는다
나는 처방으로 흐느적거리며 되살아나고

방치된 너는 슬픔의 예식을 준비한다
구아바 추도식!
당신이 떠나고 남아 떠도는 낙엽은
당신과 나의 갈림길이 되고
다음 생애를 약속하는 의식을 치른다.

숨소리

내 눈물 이불 삼아
당신은 여기 누워 있고

당신 흔적 찾아 달려와
왜 여기 있냐고 묻고 싶은데
바가지 눈물 셀까 두렵고

나 당신 잊을까
당신 나 잊을까
풀어 헤치지 못한 무언의 눈빛만

마른 잔디밭에 뒹구는 낙엽에
무너져 내리는 덜컹거림
오늘도 가슴을 치며 울고 싶다

당신과의 세월
포개어 올 때
앙상한 심장은 뛰지 못하고 있다

내가 떠나는 마지막까지 담아두리다
당신의 죽음 속에 갇혀 보낸
시간의 울림 그 한 자락까지
〈

이제
길 잃은 아이처럼 헤매지 않으리다
아무것도 할 수 없었던 시간을
이제 당신의 이름을 새기며 풀어헤쳐 가리다.

2부

절구통을 잃어버린 절구

2부 절구통을 잃어버린 절구

1) 기억의 시간
절구통을 잃어버린 절구
지움의 시간
39일
비상구
줄

2) 염증의 시간
꼰대
낡은 양복

절구통을 잃어버린 절구

새벽이 비에 젖어 꿈틀거린다
차가운 달 속에 갇힌 채
온갖 시름 찧고 계실 어머니의 안부가 궁금하다
아직도 반질거리는 절구통
메마른 절구질에 성한 곳 없이 갈라지고 터진 손바닥이
내 여린 등을 쓰다듬는다

트윽 트윽 건조한 가슴을 치며 시름시름 앓아
검어진 실핏줄 올올이 되살아
씻기지 않는 절구 공에 차가운 체온을 쓸어내린다

다 떠나고 난 대청마루 한 귀퉁이
모로 누운 찰진 어제의 기억을
한껏 밀어 넣는 여린 숨소리
건조한 불씨로 살다 떠나신 숨결
비가 오는 새벽이면
내 가슴에 들어와 콩콩콩 나를 깨운다

지움의 시간

염의 시간이란다.

축 늘어진 젖가슴이 내 눈을 잡고 놓지 않는다
저렇게 다 빨렸을 때까지
자신을 위한 애드벌룬은 왜 한 번도 꿈꾸지 않았을까

입관의 시간.

마지막이라 했다
머릿속이 하얗게 되뇌고 있을 때
몸은 이미 영정사진을 들여다보고 있다
태어날 때 기억 없었던 울음
원 없이 터트렸다.

화염의 시간.

88년의 생
한 줌 재로 걸리는 시간은 겨우 60분
육신은 지금 여기를 버리고
모든 감각과 기억을 태우고 있다.

납골의 시간이란다.
〈

이제는 그만 벗어나고 싶다고 보채셨는데
겨우
가로 45센티, 세로 45센티
또다시 세상에서 가장 작은 독방이다
날아갈 수 있는 데까지 날아가시라
하얀 도자기 옆에 도요새 사진을 놓았다.

39일

느릿느릿한 걸음이어도 좋겠다
저 길을 돌아 걸어만 오실 수 있다면
뜨거운 햇살이 싫다며 손으로 가리고 걸어오시면 좋겠다.

발그레 소녀처럼 입을 가리고 웃으시던 어머니
아버지가 어머니를 부르셨을까?
어머니는 왜 아버지의 손을 뿌리치지 못하셨을까?

요양원 들어가신 지 어언 6년
아버지 돌아가신 지 39일
어쩌다 한 번씩 오셔서 뿌린 씨앗
고통의 옹이만 남았는데
살아 못다 한 정 절실하게 그리워
급히 길을 재촉해 따라가셨을까?

강한 어머니셨으나 한없이 연약하셨던
한이 많아 죽을 수 없었던,
명주실보다 질긴 목숨을
마침내 내려놓으셨다.

어머니의 운구차가 서해안에 들어서니
자욱한 안개비를 뿌린다
팔다리 뒤틀린 고통의 시간

활활 태워 아픔에서 벗어나기를
다음 생에는 좋은 남편 만나 속 끓이지 말고 사시기를……

살아 좋은 옷도 못 해 입으시더니
저승 가는 길 큰맘 먹고 준비하신 베옷
속옷부터 손 싸개 발 싸게 멋지게 차려입고 떠나셨다.

비상구

무녀의 손가락 방향에서 봉분은 파헤쳐지기 시작했다
얼마를 팠을까
경악하는 소리
귀가 먹먹하다
어머니는 가슴을 치시며 두 다리를 뻗으시고
온몸으로 우신다

머리채를 쥐어뜯으며 외삼촌은 메마른 통곡을 하셨다
엉엉 소리만이 할머니의 뼈속으로 파고든다.
아침 먹은 것이 꾸역꾸역 올라오려는지 자꾸 구역질이 난다
희뿌연 눈물이 소리 없이 볼을 적신다
가슴 한 곳 뻥 뚫린 아픔을 우린 싸매야 했다

손자들이 가면 버선발로 뛰어나오시며
철철 넘치는 정을 쏟아부으시던
주름진 얼굴은 세월 속으로 녹아내렸다

앙상한 뼈만으로도 먹장구름이건만
마디마디 나무뿌리가 엉켜있어
가닥가닥 뼈를 솎아내고 있다

죽은 이에게도 환기는 필요하다
30여 년 만에 죽은 영혼이 외출을 하셨다

자손들의 죄스러움은 이장으로 마무리되고
산자의 꿈에 소풍 나온 망자가 비상구를 닫는다

줄

길게 늘어진 명줄을 잡아본다
질긴 게 목숨 줄이라더니
긴 세월을 병마와 싸우셨는데
이제 물 한 모금도 힘에 부친다.

숱한 세월 팍팍한 삶에
지지리 궁상에
속 썩이는 아비 덕에
시커멓게 타버린 속을 부둥켜안고
숨죽여 모진 세월 살아오셨건만
돌아가시는 것 또한 고통이다
없다 없다 죽을 복마저 없다고 투덜대시는 어머니

비쩍 마른 가슴팍을 닦아 본다
식은땀을 흘리시는 작아진 얼굴도 닦아본다
요양원 오신 후 처음으로 옷을 갈아입혀 드린다
6년의 세월을 요양원에 계셨기에
한 번도 닦아드리지 못한 죄인
이제야 당신 몸을 고스란히 닦아 봅니다.

꼰대

잘 마른 북어만큼이나 깡마른
카리스마가 아직 살아있으신 그 노장의 눈빛
세 개의 다리가 아닌 두 다리로
성성하게 걸어 다니신다

물리적 아버지
큰 산은 아니셨던 구순의 아버지
세월의 흔적 눈가의 주름도 없으시다
겨우 찾아봐야 보이는 몇 점의 검버섯

유유자적 처자식 팽개치고 노닐던 베짱이
저물어 제 꽃 찾아 가장 행세하려다
자식들과 조율할 수 없어 단절되어도
당신 잘못이 무엇인지 모르시고
질타에, 핏발선 눈으로 제압하시며
공감받지 못할 아집으로 굳게 버티신다

뒤틀린 미움 훌훌 털어낼 수는 없어도
가뭄에 콩 나듯 발자국 찍는다
혼자 사시기 엔 너무도 큰 집
낡은 집안 가득 뿌연 안개가 그득하다
요양원 들어가신 안주인 대신
거미들은 신이 나서 제집인 양
가로, 세로 항로를 개척하며 놀고 있으니 말이다

낡은 양복

술 취한 자정이 되어
개소리를 밟고 들어오시는 아버지
밥상을 잘도 뒤엎는다
삼순이 얼굴에 파편이 튄다

나는 웃지도 울지도 못한 채
이불을 뒤집어쓴다
아버지는 바람을 끼고 술을 드셨고
바람을 거느리고 외박을 하셨다
긴 세월 염증으로 잘 자라지 못한 옹이
그 옹이는 어머니와 생이별을 시켰다.

유행 지난 양복은 낡은 가죽이 되어
순하게 순하게 잠들어있고
어머니는 개 밥그릇에 담긴 차디찬 밥처럼 살다 가셨다

3부

테두리

3부 테두리

1) 존재의 테두리

순도 99.9
개불알꽃
보물 1호
동침
오뚝이
작은 풍선

2) 유혹의 테두리

오늘도
황홀과 익사 사이
미륵에 들다
정상
밀애
문학관 가는 길

3) 욕망의 테두리

매료(魅了)
월담
갈구
물정
주홍 글씨

순도 99.9

씽긋 쌩긋 방긋 벙긋
씰룩쌜룩 삐쭉삐쭉
혼자 보기 아까워 모두 불러 모은다
초롱초롱한 눈으로 날 쳐다보며 윙크했다고
얼굴을 찡긋거리며
입꼬리를 살짝 올리고 날 유혹 한다고
아직 눈도 안 보이고 배냇짓 하는 거란다
엄마들은 하루에도 수십 번 거짓말 하는 거라나
남들은 모르는 거야
엄마인 나만 느끼고 볼 수 있는 거지
꼬물꼬물 꼼지락 주먹을 꽉 움켜 진 채 입으로 가져간다
입가에 손가락 살짝 대주니 오물거리며 입이 따라온다
얘야 네가 정말 내 속에서 나왔단 말이니
아니야 넌 분명 천사가 내게 데려다주고 간 게 분명해
이렇게 나에게 다가온 너는 어느새 내 가슴속에 스며든다.

개불알꽃

암전의 시간을 보내고
추위에 바들바들 떨며
왜 벌써 나왔을까
무슨 죄를 지었을까

독특하다는 죄목으로 낮게 포복한 채
쇠창살에 갇히고 말았지만
어미가 새끼를 품듯 푸른 치마에 살포시 안긴 모습이
더 없는 화려함을 뽐내고 있다

보랏빛 주머니에
선홍빛 선명한 실핏줄이
손닿으면 팡 터질 듯
영락없는 거시기 닮았다

이 세상에 수많은 꽃을 보았지만
이토록 특이하고 좀 거시기한 황홀함이 있을까
흠뻑 빠져 슬그머니 손 넣어 쓰다듬고 싶다

아~
내 아이의 알토란같은
너는 여전히 나에게 가장 큰 떨림이다

보물 1호

목적지를 향하여 철로 위를 달리게 하는 사람이 있다.
잡아당기는 것도, 올려주는 것도
같은 생각을 동시에 던지는
텔레파시가 잘 통하는 나의 보물 1호
딸은 나의 멘토며, 채찍이다

나태하기 이루 말할 수 없는
조그마한 일에도 나락으로 빠지고
우울해하며 자책하는
미처 생각을 못 했던 일까지
자신보다 일 순위가 엄마라는 우리 딸!
다정한 말로 늘 재능을 일깨워 주며
최고의 극찬과 존경의 말로 나를 북돋아 준다

시를 써 놓고도 핑계는 수십 가지
차일피일 미루는 내게
시집 내기를 채근한다

조심스러운 말투와 예의범절
내게는 조금은 어려운 나의 분신!

딸과 함께하는 시간 여행이 내게는 삶의 빛이다
예쁜 카페를 찾아가고,

뮤지컬도 여행도 함께하며
아빠의 빈자리를 채워주는
나의 딸이 없었다면
지금의 내가 존재는 하고 있을지

그런 딸을 위해 이 아침
맛있는 샌드위치와 커피를 준비한다
나는 오늘도 딸과 함께하기에 행복하다

동침

나는 고것들에게 방을 내주었다.
포주는 내 남자에게 고것들 값으로 삼만 원을 요구한다
하루 한 번 그는 고것들과 동침을 한다
꼬리까지 살랑살랑 아양질이다

내 머리는 찌릿찌릿
팔에는 어느새 좁쌀이 푸르고
울렁증에 메스껍다

그는 알싸한 달콤함에 눈마저 풀린다
고것들은 혀를 밀착시킨 채
내 남자의 정강이에서 떨어질 줄 모른다
오르가즘으로 몸을 부풀리고 스르르 미끄러진다
그의 종아리도 어느새 검붉은 빛이 흐려지고 있다

저러다 저기서 산란까지 할까 두렵다
저 남자 저 징그러운 짓을 언제까지 즐기려는지……

오뚝이

삐꺽삐꺽 뻑뻑한 관절
침침, 흐릿, 떨림,
뇌는 기억하고
입은 제멋대로 뱉고
초조, 긴장, 불안, 자신감 저하
타들어 가는 심장

사월은 누가 잔인한 달이라 했을까
나에게 있어
아니 남편에게는 잔혹한 사월이다
창문 하나 없는 무균실
꽃이 피는지 지는지
악몽의 늪 속에 빠져 있는
그의 별명은
오뚝이다

사업 부진으로 속이 타들어 가도
실망하지 않고, 좌절하지 않고
다시 일어나기를 수십 번 했으니

백혈병과의 전쟁에서도
오뚝이는
반드시 또 한 번 우뚝 설 것이다

작은 풍선

앙증스럽고 귀여운 풍선 하나
역내를 둥둥 떠다니며
많은 인파에 갈 곳 몰라 눈 큰 모습에
나의 미소는 어느새 너에게 스며들고 있다

에스컬레이터를 타자
발이 움직이지도 않았는데 내려가는 게 신기한지
자신에 발을 내려다보는 모습이
마냥 눈을 사로잡는다

어느새 밀리듯 전동차에 빨려 들어가
신기한 듯 창에 붙어 내다보고
문이 열릴 때마다 고개를 돌린다

처음 제 부모와 떨어져 할머니 손에 이끌려
포항서 서울로 왔으니
버스도 기차도 지하철도 처음 타보는 게다

손자의 기저귀 찬 엉덩이가 부풀고 있다
응가하니?
아니 아니
손사래에 담뿍 안아주고 싶다

엄마 보고 싶어?
아버지 보고 싶어?
보채지도 않고 눈치를 보며
아니 아니
손사래 치는 녀석의 모습에 콧잔등이 시리다

오늘도

커피 한 모금
입안 가득 쌉쌀한 풍미

미소 한 스푼
입안 가득 촉촉이 스며드는

또르르 입안으로
촉촉이 입속으로
스며들고
젖어 들고
스쳐 가는

커피 한 모금
미소 한 스푼
사랑 한 찻술
오늘도 나는 딸과 함께 모닝커피를 마신다

황홀과 익사 사이

첫사랑은 카페라떼처럼,
그러나 섹스는 아포가토처럼

숙성시킨 호르몬 안에
진한 엑기스 한 방울 끼얹자
여름밤 소나기처럼 검은 체위가 입 안 가득 번진다

눈동자의 설렘과 뇌 속까지 번지는 짜릿함
전신은 악마의 마력에 휘감긴다

풍부한 향과 혀의 전율
그러나
강렬한
서로를 흡입하는 최상의 오르가즘

누가 먼저라 할 것 없는 찰나의 곡예
쌉쌀하고 달콤함에 눈뜨는 오아시스

한순간 경계가 흐물흐물 무너진다
가깝고도 먼 유혹은 겨울과 봄 사이의 탈출일까?

미륵에 들다

노을은 서천 바다를 황금빛 테두리에 가두고
대조사 뜨락 융단 위에 시간도 잠시 누워 잠든다

층계 오를 때마다 겹겹이 포개져 무게를 누르는 업보
하나씩 내려놓으며 용화 보전에 다다르니

수백 년의 나이도 잊은 채 독야청청
양 끝으로 뻗어 허리를 겹친 노송
저네들도 의지하며 살아가는 부부의 모습이다

미륵은 56억 7천만 년 후
사바의 중생을 건지시려
바라지창바라지창* 너머에 서 계신다

돌 속에 우두커니, 우두커니를 수행하고 계시다가
티끌만 한 시간을 가진 내게
그 어떤 물음도 그 어떤 대답도 하지 않고
연꽃처럼 웃기만 하신다

56억 7천만 년
계산할 수도 없고 알 수도 없는
억겁을 되뇌이는 시간
〈

하루아침에 천 불 천 탑을 올린다하여
진리에 눈뜨기보다
수십억 년의 시간과 공간 속에서
미륵의 염원으로 가슴에 담아내고

나는 어둠이 내린 대조사 뜨락에서
참선을 하던 바람을 품고 슬며시 빠져나온다.

* 누각 등의 벽 위에 바라보기 좋게 뚫어 놓은 창

정상

나를 숨 쉬게 하는 그 무엇이
산을 미친 듯 내 달려야만 했던 목적이
시발점을 떠나 향하는 긴 여정의 시간이

끝없는 층계의 호령도 무시하고
달각거리는 연골의 고통 속에서도
돌파구를 찾으려 허덕이다 멈춘 곳

밧줄이 생명이요
손아귀의 힘이 명줄이다

병풍처럼 둘러친 기암괴석에
감탄사를 던지고

산 아래 펼쳐진 풍광에
한 점의 먼지도 허락하지 않고
탁탁 털어 버린다

침범하려는 치부를 밀어내고
장하다고 박수를 보내니
정상에 오른 희열에
두 손 번쩍 들어
마침표를 찍는다.

밀애
- 고흐 전을 보고

고흐가 내게 다가오고 있다
음악이 귓전에 흐르듯 살며시
내 마음속으로 걸어 들어왔다

고흐는 내게 말을 한다
색채의 화려함 만 보지 말고
나의 고뇌를 읽으라고

눈을 깜빡 인다
코웃음도 친다
리듬을 타고 꿈틀거리며
내게 격렬하게 다가와 손을 낚아챈다
시야가 흐리고 쿵쾅거리는 울림
강렬한 색채는 회오리바람을 일으키며
내 목을 두른다
층계에 툭!
중심을 잃고 떨어진다

어두운 블루에 더욱 반짝이는 별빛
카페테라스에 앉아 주절이 주절
어느새 몽마르뜨 노란 스튜디오로 날 끌고 들어간다
한 줄기 햇살이 나를 샤워 시킨다
격정을 잠재우는 해바라기

내게서 고개를 돌린다
까끌 거리는 수염이 온 얼굴을 찌를 때도
거부할 수 없는 욕망과 욕구
오늘 밤 나는 나를 더욱더 싱싱하게 가꾼다

문학관 가는 길

증평 황금빛 들녘을 바라보며
호흡 한 번 가다듬어 보고
창밖에 펼쳐진 들녘을 바라보며
노랗게 물들인 질감의 가을을 입고 싶다

산새가 병풍처럼 둘러친
뒷산 구찌뽕 열매에 입맛 한 번 다시며
깊이 봉해 둔 붉은 그리움에 흔들린다

어미의 자궁과도 같은
깊은 계곡과 계곡 사이에서 흘러 내려왔을
호수의 포근함은
은개비가 노닐다가 던지고 간 물음표가 떠 있다

세 박자의 호흡으로
시인의 숨결이 깃든 문학관에
나의 숨결 또한 반사되고 싶다는 열망을 담아 본다.

매료(魅了)

신팔리 친구 집 가는 마을 어귀
그 집 앞
무거워 더 이상 버티기 어렵다고
청명(淸明) 떠받들고 있는 복숭아나무 아래
접근 금지!
늙은 백구가 커다란 눈을 부라리며 짖어댄다.

두 뺨이 발그레 솜털이 보송보송
처녀 젖가슴처럼 봉긋 쪽 빠진 유두가
농익은 여인네 것 인양 눈앞에서 흔들어댄다.

탐스러워 슬쩍 하나 당기고 싶다
이제껏 많이 보았지만
고거 탐스러움에
손으로 움켜잡고 싶은 욕망을 꿈틀거리게 한다.

몽실몽실 은밀하게 내 가슴에 기댈 것 같아
내 볼은 어느새 복사 빛으로 물들고
입맛 다시게 하는 내면의 속살마저 붉어진다.

나는 나에게 들킨 체 우두커니 서 있다
눈길 뗄 수 없어 구름도 못 가고 혼자서 달 뜬다
뉘요?
빼꼼히 내다보는 노파가 비쩍 마른 가슴팍을 내민다.

월담

붉은 담쟁이 하나
추락하지 않으려 벽을 할퀴며 몸부림치듯
욕망의 끝을 향해 뻗어나간다.

가지와 촉을 끝까지 늘리는 기억들
수천 킬로 떨어진 당신에게 간다
심장이 턱에 걸리도록 달려갔을,
가쁜 숨소리가 왜 들리지 않는지

벽이 있어 막히고
창이 있어 미끄러지는
사유의 방식으로 사면을 칭칭 휘감는다.

나를 풀어헤치고 싶다

그늘을 만들지 못하고
벽을 따라 납작 엎드려 흔들린다
담쟁이도 뿌리가 잘리면 끝일까?

이 짧은 가을
또 슬그머니 담 넘어본다.

갈구

흐릿한 심장으로 창문을 응시한다.
풋내 나는 청초한 멋으로
뻗어가는 너의 시선이 머무는 곳에

상큼 발랄한 향기로 온몸을 휘감는
너에게서 삶의 메아리를 느낀다.

귀가 젖도록 속삭임의 은밀함도
물 부어 줄 때마다 끝없는 광란의 몸부림도
또 하나의 갈구를 부른다

창을 열어 몸이 다 젖도록 물을 흠뻑 준다
한 잎의 낙엽으로 구르지 않기를 바라며

물정

이팝나무에 티 밥이 하얗게 만개했다
호기심 가득한 미소를 머금고
예쁜 바구니 속에 가득 담아와
흰 설탕 고루 뿌려 재우고 싶었으나 참았다

아카시아꽃에 취해
벌이 되어 달콤함에 흠뻑 빠져있을 때
어느새 내 손에는
수십 송아리가 담뿍
설탕에 뿌려 예쁜 병에 담아 두었다

가을이 저물어 스산함이 조여오는 날
회오리바람 몸서리치도록 매섭게 부딪혀
은행나무는 칼바람 매정타 원망 없이
은행을 지천에 널브러트렸다
저게 다 황금이었으면……

소리 없이
밤새 안마당에는
티끌 하나 없는 새하얀 설탕이 그득했다
둥근 설탕통을 들고 나가
한가득 담아 오고 싶었으나
목마른 땅과 나무에 양보하니

입속에서 달콤함이 사르르 녹아드는
미소가 묻어난다.

주홍 글씨

가을이 와도 붉게 옷을 갈아입지 않는다
겨울이 와도 시퍼렇게 도도하다

내가 만든 폭풍우가 사거리를 가둔다
질척한 몸을 가누지 못한
신문지 한 장
철퍼덕
사거리에 널브러진다.
무심히 수많은 발자국에 짓눌리면서
아직도 바스락 숨소리를 낸다

시커먼 바퀴들에 짓이기고
냉담한 과거들이 1면과 2면에
혼자 남겨진 나를 인쇄하고
이 거대한 사거리에 갇혀
구겨진 그림자가 되어 허우적거린다

나는 거부한다.
빠져나가기를

저편 유리창에 얼어버린 누군가의 입김이 사라지고 있다.

4부

불청객

4부 불청객

1) 육신의 불청객

불청객

뇌경색

검은 꽃

점검 중

환지통

타인

중증 환자

천적

분수

2) 영혼의 불청객

데칼코마니

나이의 불변은 없다

저물어가는

기죽은 봄

기억의 방식

불청객

허기는 뱃속에서 슬픔을 노래하고
모래 위에 흩어진 쓰레기들
실타래처럼 엉킨 내 머릿속을 암전 속에 가둔다.

먼저 도착한 노을이 강변을 거닌다.
혀가 길어진 땅거미가 암 덩이처럼 피어난 버드나무를 감싸고
아직 떠나지 못한 철새가 거친 물살을 건너고 있을 때
수다스런 갈대가 나의 병명을 발설한다.

발자국이 강의 중심을 향해 징검돌을 놓는다
벗어놓은 신발에는 아물지 못한 기억이 고여 있다.
바람도 모르는 척 스쳐 가버리면 좋으련만
구름 속에 스멀스멀 떠오르는 생채기들

발자국의 주인이 아닌 척 돌아보지 않는다
길게 귀가하는 불빛들이 다리 난간에 걸려 있다
몸에 핀 검은 꽃이 사뿐 집 쪽으로 욱신거린다.
나는 나의 그림자를 불청객처럼 외면한다.

뇌경색

투명 가로막을 친 듯 앞이 뿌옇다
어둠의 그림자가 나를 따라다니는지
머리가 하루 종일 깨질 듯 아프다
탁하고 칙칙한 비도 종일 오고 있고
적색 신호가 온 것일까

방앗간 기계는 쉼 없이 돌고 있다
쿵쿵쿵 다다다다
달아 달아 밝은 달아
머리를 들이밀지 않았다
그저 빨려 들어갔을 뿐이다

어둠에 불린 찹쌀이 허옇게 보인다
날 몸으로는 무너지지 않으려고
애간장이 녹아내리지 못하도록
공들이는 내 마음을 아는지 모르는지

기계는 내게 수작을 부리고
드르륵 드르륵 톡 톡톡 연신 긁어댄다
기기의 온갖 수작질에도
나는 눈과 입을 앙다물며
쏴아 좔 좔좔 반복됨을 주시해본다
〈

기계는 내 머릿속을 찍고 또 찍고
해골을 내밀었다
왼편으로 하얀 점 두 개
나는 편파적으로 녹아내리고 있었다

검은 꽃

언제부터였을까?
몸에 검은 악마가 퍼지기 시작했을 때가
어디서부터 잘못되었던 걸까?
아픔도 못 느끼고 밝게 살아왔는데
소문도 없이 들이닥친
검은 꽃을 그대로 받아들이라고

아직도 할 일이 많건만
그리고 삶의 욕망이 넘치는데
누군가가 시기하고 음해하는 게 틀림없다
무슨 큰 잘못을 했다고
내가 무슨 죄를 그리 많이 지었기에
하나님도 무심하시지
왜!
왜?
발광하며 도리질하고
손사래를 치며 아니라고
인정하고 싶지 않다고
소리마저 갈라진 통곡을 한다

점검 중

위치가 틀어졌는지 기억 장치가 새고 있다
우뇌의 검은 그림자
낮게 깔리며 헐떡이고 있다
눈꺼풀이 바르르
귀가 먹먹해진다

이상 물질이 침윤되고
시선 없이 벽을 바라보고
소리 없이 일렁이는 눈망울 발등에 고정시킨다
욕심을 버린 초점 잃은 눈동자
침도 입안에서 말라 죽었다.
누군가 하드웨어를 새로 깔아놓았는지 확신할 수 없다

기억 장치는 기억을 기억 속으로만 끌고 다닌다

저항할 수 없는 낮과 밤에 이끌려
강한 두려움을 용기로 바꿀 수만 있다면
포맷을 위해
베란다로 내 달린다.
요동치는 몸을 붙잡는 순간
이미 기억은 난간으로 떨어지고 있다

수많은 별 들이 목격자처럼 바라보고 있다

환지통

짜리리 뇌 속까지 후벼판다
못내
와류(渦流)*되어 어긋나버린 통증
떨쳐버리지 못한 채
당신은 열꽃으로 피었다가 짓무르고
물컹하게 눈물샘 안쪽으로 흐른다

당신의 부재는
내 가슴속에 거꾸로 솟아
폭포처럼 떨어지고
온전히 받아들일 수 없는 내게
끝끝내 어둠을 내밀고 만다.

잔에 독주가 채워진다.
손끝에서 파르르 술이 떨고 있다

끝내
아물지 못하고
거꾸로 선 채
나 아닌 또 다른 얼굴이
잔 속으로 스며든다.

* 흐름의 일부가 반대되는 방향으로 소용돌이치는 현상

타인

두부 한 모 들고 응급실에 와 있다
왜 여기 있는지 모르겠다고
내가 왜 여기 와 있는 걸까요?
훔쳐보는 시선에
뒤통수가 따갑다

통속으로 자꾸 기어들어 간다
떠도는 퍼즐을 맞추며
풀지 못할 것은 없다고
통속에 드러누워 기억장치를 발동시킨다

붉은 눈, 파란 눈이 적의를 품고 달려든다
부산스럽던 울림 판이 닫히고
매끄러운 공간 속에서 잡념을 뽑아버린다

나의 가족은 여기 있는데
나는 왜 망각의 그물에 걸린 걸까
멀어져만 가는 기억이 불편하다

허기진 내 모습도 바래지고 있다

중증 환자

돌을 차본다
톡!
잔인한 마음으로 한 번 더 찬다
탁 투톡!
괴로움에 소리마저 갈라져 굴러간다.

예리한 칼끝으로 쑤셔 넣은 듯
몸뚱이는 이미 회색빛이다.
끝나지 않은 온몸의 적색 신호등
밀어낼수록 검버섯처럼 번진다

쉬어가자
심한 독감을 앓는 거라고
눈물주머니를 묻어 버리며
속박의 검은 칼을 빼내기 위해
토해내고 또 토해낸다

천적

내 갈비뼈 속에
벌레 한 마리 자라고 있다
비가 오거나 축축한 오후에도
갈아먹는 소리가 들린다
쿡쿡 쑤시고 아실아실
아프다 아파 죽겠다,
말하기도 힘든……

그러나 그보다 더한,
파도처럼 밀려오는
더, 더 큰 아픔이 있었기에
그 아픔을 지울 수 없기에
말할 수 없는 고통을
삼켜야만 살 수 있기에
그깟 통증쯤
그게 무에 대수겠는가

그래 그런데도 나는 호흡하고 있고
허기지면 먹고 자고 또 먹는다
하지만 그 시간에도
나의 슬픔은 휘발되지 않은 채
늘 뒤서거니 앞서거니 한다
〈

오늘도 너는 내 뼈마디를
사정없이 갈아먹고
나는 그런 널 방치한 채 키운다

분수

하얗게 하얗게 온몸으로 춤춘다
혼란스러운지 일그러진 형상이다
좌우로, 어깨를 들썩이며 치솟아 오르다 급강하한다.

더 높이
더 멀리 치솟지 못해 고열로 몸부림친다.
부서지는 소리가 귓전을 후비고
뿌연 물기둥이 피어올라 홀로그램이 보인다
하늘을 우러러보는 듯,
땅을 내려다 보는 듯,
허공을 바라보는 듯

쓰러지려는 순간
바람이 나를 희뿌연 망토로 온몸을 휘감아 끌어들이니
명치끝이 아려 온다
어느새 춤을 추며 다 토해낸다.
물줄기 너미
절뚝이며 걸어가는 내가 보인다.

데칼코마니

강렬한 색채의 페인팅
접었다 편다
다정한 이방인이다
다시 접었다 편다
굶주린 원숭이가 되고
날개 달린 코끼리가 된다
지느러미가 돋은 호랑이가 된다
마지막으로 접었다 편다
천 개의 가면을 쓴 악마가 쩝쩝거리며 웃는다
검붉은 피처럼 끈적끈적 엉겨 붙는다.
구긴다
형체도 없는 뒤틀린 가면이
거울 속에서 검붉은 옷을 입고 춤을 춘다.

나이에 불변은 없다

햇살이 허공에 머문다
횡격막이 결린다
뻑뻑해지는 눈
거미줄이 어른거린다
퍽퍽한 삶
경계를 넘어 무너져 버린 시차
허공을 찔러댄다

손목 발목이 뒤틀린다
따로 따로 또 하나가 되는 듯
시간도 바람도 소리 지르며 빠르게 내 달린다
희미한 달빛 겹겹이 쌓인 고도
침묵은 불편하다

너울대는 억새의 어깨춤을 보아도
쉽사리 흥을 못 연다
허리춤미디 구멍이 숭숭
살아온 흔적만큼 내력은 질기다
관절마다 삐그덕
바람이 들쑤시면 연골판이 열린다

불면의 어둠이 송곳으로 쑤셔대도
아직 끝나지 않았다는 듯

내 안의 까마귀도 울다 가는
이 나이에 불변은 없다는 것인지

저물어가는

눈에 넣어도 아프지 않은
색색의 화려함은 떨림으로 묻어나고
한순간의 절정에 탄성을 자아내던 가을빛

거칠고 누렇게 변색 되어 가는 모습이 미워
바람은 추위를 몰고 와 후려치고
사그락사그락 나뒹굴며 투덜댄다.

또 이렇게 사라지는가 보다
물기 머금은 낙엽 몸 무거워
납작 바닥에 엎드려 처지고
게으른 하품에 툴툴거린다.

삼백육십오일
공상과 망상이 공존했던
어제의 답답함이 소화되지 못하고
긴장감이 빠지고
건강미가 사라진
흔적을 차마 지우지 못한 채
주글주글 화장기 없는 얼굴에
소리 없는 아우성으로 오늘이 저물어간다.

기죽은 봄

파리하게 움트는 여린 잎새는
겨울이에게 안겨 제 자리를 서성이고

봄이는 간신히 여린 머리 쳐들고 나와
파르르 떨며 제자리다

슬며시 초록 물감 흩뿌리며
봄기운을 담장 너머로 보내고 있을 때
겨울이의 시샘으로
얼결에 왔다
꽃샘추위라는 오명만을 남긴다

헐떡이며 뜨거운 용무로 찾아온
여름이에게도 반항 못 하고
힐끔힐끔 주저주저 못내 자리 내어준다

죽기 살기로 버텨 볼 것이지
밀쳐 낸다고 떠밀려
어깨 한 번 제대로 못 펴고
헐떡이는 봄이는
이제 점점 설 자리를 잃어 가고 있다

어정어정 뒤뚱뒤뚱

뒤로 쳐지는 내 모습처럼

그래도 봄이가 있었기에
푸르름이 늘어지고
활짝 웃는 꽃이 되었으리라

기억의 방식

발기하는 태양 아래
미세먼지가 산란한다
털어내고 씻어내도
뼈마디 마디 깊숙이 파고들며
온몸으로
엉겨 붙는 고집불통

허기진 심장으로
적의를 품은 듯
몸부림치며 달아나도
막무가내 달려든다

붉어진 동공
환상은 내동댕이치고
한순간 깨어진 거울 속에 투영되어

알갱이로 박히는 먼지 분자들
무의식 속 떠도는 스스로의 미움들
물 마시듯 삼킨다

짧은 호흡 가다듬고 짠내를 토해내고야 만다

5부

시인의 세레나데

5부 시인의 세레나데

1) 애증

시인의 세레나데

채집

나는 시인이다

속내

씨름

2) 어린 시인, espoir

- 손자가 9살 때 쓴 동시

천둥 번개나 사람이나 - 박태욱

따개비 - 박태욱

물속을 떠다니는 점박이 - 박태욱

시인의 세레나데

투둑 투둑
때아닌 돌비가 쏟아져 내린다
열에 들떠 가만히 손을 내민다
무수한 문자가
벽을 타고
가슴을 타고
손가락을 타고
시는 그렇게 작은 울림으로
더듬적 더듬적 젖어 들어왔고
여린 나를 일으켜 세웠다

이 얼마나 기가 막힌 타이밍이란 말인가
샹젤리제 거리 노란 스튜디오
나의 시가 인화되는 이 순간
시인이란 두 글자가
사랑의 세레나데를 부르게 하는 거라고

아직은 미흡하지만 아주 작은 소리로
나는
나의 시를 읊조려 본다

채집

무의식 속에 엉겨 버린 활자들
100여 년 전 활자처럼 딱딱하다
들춰낼 수 없는 것들을 들어내고
가증스런 마른 눈물도 흩뿌려 본다

광란으로 미쳐버린 밤이 지나도
충혈되어 벌개진 눈
스스로 푯대를 세운 시어에 포위당한다
공갈빵의 꿈을 딛고
시계를 삼키고 부러진 바늘을 토해놓는다

온통 뿌연 먼지로 눈을 뜰 수 없다
미세먼지를 흡입한 폐는 시커멓게 병들기 시작한다
종잡을 수 없는 시어에 목마르고
숨소리가 붉게 물들 때
오래된 문자들이 쏟아져 내린다

공갈빵이기를 거부하면서
고통으로 터져버린 시커먼 활자들
만두 속에 가득 채운다

푯대를 세운 혈관이 툭툭 불거진다
광란으로 미쳐버린 밤이 지나고
거대한 시마가 희망을 품고 달려든다

나는 시인이다

줄눈 펜이 되어
시에 질감을 넣고
시에 색깔을 입히고
시에 향기를 뿌리고
시에 맛을 낸다

끝없는 시어에 포로가 되어
나올 듯 나올 듯 내재율에 목마르고
이질적인 시어에 어지럼증이 도진다

단순하면 왜 가벼운지
또 숨기고 뒤집어 보기도 한다
여름날 변덕 부리듯 독설도 뿌리고
파마머리처럼 엉킨 아픈 사연도 한 움큼 툭툭
오늘 밤
유난히 밝은 달을 향해 던진다
나는,
정지용도, 서정주도 아니니까

숨소리가 붉게 물들 때
황사비가 쏟아져 내린다
벽을 타고 주르륵 자르륵
다시 펜을 든다

속내

시도 그리움에 메말라 있었을까
도넛 튀겨내듯 시들이 쏟아져 나오고 있다

배타적 언어를 무덤 속에 가두자
이타적 언어가 난발한다

끔찍한 언어들이 머릿속을 혼미하게 하고
위장을 뒤흔들어 놓는다

시절을 대변한다고 하면서
난해하고 광기가 서리며
증오와 섬뜩함,
이중성 이질적인 시에 중독되고 파행을 겪는다

시어가 꿈틀꿈틀 뇌 속을 기어 다니고
언어들의 파편 속에서
독자들은 힘들어한다

시를 이해할 수 없다고 하면서도
어느새 나도 그들 속으로 서서히 파고 들어간다
뿌연 시 속에서 새벽은 줄달음치고 있다

씨름

며칠 동안 던져 놓고 보지 않았다
오늘 큰맘 먹고 다시 꺼내 들어 고쳐 본다
시를 써놓고 난 시와 씨름 중이다
시는 내게
그렇게 쓰면 안 된다 하고
난 왜 안 되냐고 시비를 건다
뒤집어보란다
그게 위로 올라가야지
그건 밑으로
아니 바꿔 써야지
돌리고, 당기고, 내려도 해결이 나질 않는다

어둠이라도 가라앉으면 좋겠다
별이 내 눈으로 쏟아지길 바라는 게 더 낫겠다
시는 무슨
또 집어 던진다

소리 없이 시어가 어둠을 뚫고
나의 카메라 속으로 들어와 찍고 또 찍고
사진처럼 찰칵찰칵 시어를 찍어 낼 수만 있다면

시에 사계절을 윤기 나게 입혀 보지만
그저 그렇게
연무처럼 뿌연 길만 보일 뿐이다

천둥 번개나 사람이나

박태욱

창밖에서
축! 우둥퉁
천둥 번개 소리가 들린다.
으악! 탕탕
우리 반이 더 시끌벅적하다.

따개비

박태욱

나는 아버지를 아주 많이 좋아한다
그래서 나는 아버지의 껌딱지가 되었다
하도 달라붙다 보니 이제는 따개비가 되었다
거친 파도가 쳐도 나는 꿈쩍도 안 하고 이겨낸다

물속을 떠다니는 점박이

박태욱

새우가 우리 집에 왔다
점들이 떠다니는 것 같다

아침에 일어나 보니 몇 마리가 죽었다
점박이끼리 싸웠나 보다

다음 날 보니 또 죽었다
이젠 몇 마리 안 남았다

산소 호흡기가 없어서 죽었나
자기 집에 있었으면 살았을걸
우리 집에 와서 다 죽었다

6부

나 그리고 타인

6부 나 그리고 타인

1) 사랑
   연리지
   천년찻집
   두물머리

2) 존재의 이유
   나라는 여자
   존재
   가장 나지막한

3) 나 그리고 타인
   사기
   현재 속 과거
   흑해 미인
   1950m
   얼라리
   과정

연리지

이것은 껴안음이다
사람들의 해석을 거부하며
살과 살을 밀어내 보지만
더욱 밀착되어가는

타인이 느끼는 연리지의 아름다움은
미묘한 관계성에
척하고 사는 하루가 피곤하다

온전한 내 자리를 지키려 몸부림치지만
살고자 하는 마음에 더 꼬여만 간다
내 것인 듯 내 것이 아닌 내 것
그러니까 아름다운 감옥이란 없다
사랑하는 이의 목적을 흡입한 새빨간 거짓

한 뿌리가 아니다
두 마음, 두 몸뚱이가 밀착될수록 아름답다고 하는
주목하는 눈동자를 거부하지만
타인들은 그저
밀착될수록 신기한 모습에 열광할 뿐이다.

천년찻집

달콤함이 묻어나는 오후 여섯 시 삼십 분
옛사랑을 만나기 위해 들어선 천년찻집
가을이 익어가는 찻집의 향기
코끝에 은은하게 번진다
수많은 외등에 첫사랑이 내려앉고
해그림자 격자문에 깃든다

빛바랜 벽지 울컥거리는 그리움
그윽한 녹차의 향기보다
눈과 눈은 이미 내통하고 있다
잊었던 향기를 맡는다
기억을 섞어본다

살포시 얹혀놓듯 포개져 오는 손길에서 작은 진동이 느껴진다
무뎌진 줄만 알았던 나의 몸이
오늘따라 유난스레 체면 없이 달아오른다
오늘의 수위를 조절할 수가 없다

부풀어 오르는 가슴 채우지 못하고
널 보내고 또 몇 날 며칠을 앓아누워야 할지
차 한 모금 목울대 넘어가는 소리만 들리고
넓은 창문 밖 낙수 소리가 뚝뚝 정적을 깬다
〈

유리창 너머로 바람마저 눈을 흘긴다

돌아서는 발걸음 쩍쩍 벌어질 것 같은 통증을 느낀다
아린 하루를 풀지 못하고
다 마시지도 못한 찻잔에
자꾸 미련이 남는다

두물머리

강바람이 차고 넘쳐 물살은 좀체 가라앉지 않는다

저무는 겨울,
봄을 토해낸다
여드름 터지듯 톡톡
겨우내 움 추린 버들개지 단물 오르는 소리
아직 하지 못한 말들이 까칠한 가지 곳곳을 간지럽힌다

포옹을 풀 듯 북한강과 남한강의 두 물길이 가슴 언저리에서 콧소리를 낸다

등 보이고 떠나는 당신의 낯선 모습에 아지랑이가 피어올라
잘 가라 이르고,
등 돌리고 떠나는 당신을
왜! 왜?
나는 따라가지 못하는 것일까

둘이 하나 되어 다시 연인이 되는 시간이 천년쯤 지나야 진짜 사랑일까

숨죽이던 은어 황어 꼬리 흔들며 손짓하고
연초록 물푸레나무 물그림자
〈

내 마음마저 빼앗아 미련 없이 흘러가고
출렁이는 강물 봄볕 받아 제 몸 뒤집는다
눈부시다
반가워 돌아오는 사람의 눈물도 저러할까?

나라는 여자

돈 한 푼 못 벌고
공부는 죽어도 하기 싫어하고
능력이 있는지조차 모르지만
늘 웃고 밝게 사는 여자

찢어진 청바지도 자신 있게 입을 줄 알고
산을 사랑하고 여행을 좋아하며
항상 웃고 살자고 다짐하며
늘 잘될 거라 긍정하는 여자

센티멘탈 감정의 높낮이가
산과 계곡을 넘나들지만
밝은 웃음으로 가정의 꽃이 되는 여자

친구가 힘들어하면 정거장이 되어 쉬게 해주는
산과 골짜기 물가 어디서든 잘 자라는
나는 물푸레 같은 여자다

존재

냉장고 여닫이 맨 아래 칸
이름도 생소한 소스들이 들쑥날쑥 갇혀있다.

제각각 유통기한이라는 꼬리표를 달고
오늘은 누가 선택받을까?
그러나 나라고 말하지 않는
그러다 유통기한이 지나면
한번 섞여보지도 못한 채 버림받는

나의 유통기한은 언제쯤 될까?
아직은 기세등등한 최상 위 칸
손만 뻗으면 닿을 수 있는 자리
그러나
아무도 찾지 않을 때
냉장고 맨 아래 구석에 들어앉아
언제인가는 유통기한이라는 꼬리표도 삭제되고
투명 인간이 되어 독백하고 있을게야

그러나 자부한다
어디에 넣어도 다 잘 어울렸던 최고의 소스였다고

가장 나지막한

가장 낮은 자리에서
밑바닥만을 고집한 채
언감생심 위는 바라다보지 못하는
내게서 너는 냉감과 온감을 가장 먼저 느끼게 된다.

조여 오는 빼닥구두 속에서
종일 너털거리며 뒤뚱거리며
온몸의 무게를 지탱하는
너의 침묵은
어둠이 내려도 풀리지 않고
가시로 찌르는 전율에 속울음 운다.

방치한 채 또 다른 길을 재촉해도 투덜이지 않는다
아픔으로 피가 배어 나와도
옹이가 박히고 갈라지고 멍이 들어도
저릿거리는 고통에 더 짜릿한 쾌감을 느끼는 아이러니
비정하고 매정한 나로 인해 너는 오늘도 병들어가고 있다.

예쁨만을 고집하는 나는 너에게 너무도 버거운 짐이며
고약한 동반자이며 운명이고 숙명의 관계이다
네가 밟히는 찰나!
신경을 찌르는 칼날이 되어
몸서리치도록 내 가슴을 때리고 울려도

그 어떤 순간에도 아량과 존중은 사라진 지 오래다.

네가 통증으로 비명 한 번 지르지 못하는 쓰린 모습에
너를 위해 따뜻한 손길을 더해 본다
아장아장 네 어릴 적 사랑스럽고 앙증맞았던 보드라움은 간데없고
어느새 투박해지고 거칠고 상처뿐인 너에게 향기를 더해줘도
더 이상 부드럽지도 예쁘지도 않은 아픈 울림의 메아리만이

내가 더 이상 너에게 괴로움을 보태지 않는 날
너는 기억할까?
작은 가죽 속에 갇혀 살아온 나날들을
한 조각 엷은 천에 감싸는 염의 시간에도 동행해야 한다는 것을

사기

아침부터 사기그릇은 내 손을 벗어났다
쨍그랑!
울화가 가슴 바닥까지 미끄러진다
미리 간파했어야 했는데 등신이 따로 없다
어르고 등친다 했나, 친구라 생각했는데
여시 짓을 잘해 여시인 줄은 알고 있었지만
내 등을 후려칠 줄이야 오장육부가 다 뒤틀린다
머리라도 잡아채 한바탕 분당질 치고 싶다
무섭다 눈물도 안 나온다
분해서 씹어 삼켜 버리고 싶다
잘근잘근!

속은 부글부글 잘도 끓어 댄다
가마솥 설렁탕 마냥
증오와 후회가 타는지 몸이 불덩이다
침을 삼킬 수가 없다
목이 따끔거린다
헛것이 보인다
희뿌옇게 자꾸 앞을 가리는
저것은?
손은 허공을 향해 허우적대고
어디를 가는 걸까
눈동자만이 떠다니고 있다

추위가 엄습해 온다
처연한 내 눈동자 위에 붉은 눈동자들이 겹친다
배신한 눈동자가 나를 기만하는듯하다

씻어야 할 그릇들이 이렇게 많은데
아직도 나는
설거지를 끝내지 못하고 있다

현재 속 과거

낮 빛에 등 대고 앉은
속을 모르는 그녀
그녀의 집 안에 발을 디뎌본다
50년 전으로 끌려 들어갔다
팔로 열심히 돌려야만 들을 수 있는 축음기
다다미방에 6폭 병풍,
낡은 라디오
얌전히 앉아있는 화로 위 주전자는
그녀를 위해 수증기를 뿜어내고 있다
맑고 고은빛의 다기 세트 눈이 머물고

문명의 첫걸음인 텔레비전
냉장고, 에어컨도 없다
다만 얼음을 위 칸에 넣어 사용할 수 있는
작은 고집만 있을 뿐
휘둥그레지는 눈 만큼이나
속 모르는 그녀의 속이 보이기 시작한다

옛것에 매료되어
고가구와 생활용품을 모으기 시작했다는 그녀
무조건 새것만을 고집하는 나는
엉덩방아를 찧은 듯 부끄럽다
현재 속에서 과거와 대화하며 불편한지 모르겠다는 그녀

가슴속까지 채워주는 그녀의 집안은
그녀의 진정한 모습이다

집안 가득 풍기는 내음새와
그녀의 숨결에서 내 할머니의 체취가 묻어난다

흑해 미인

시선이 따갑다.
누군가 날 훔쳐보는 걸까?
나도 모르게 시선에 이끌려 올려다본다
아니꼬운 듯 고고한 듯
뚫어져라 쳐다보는 눈길이 내심 신경 쓰인다
내가 자리를 잘못 앉은 걸까?

에라 맞불 작전이다
두 눈 크게 뜨고 뚫어져라 바라보니
비웃는 입술에 오뚝한 코
길게 찢어진 눈매, 맑지 않은 눈동자
두 팔과 다리 한쪽은 과감히 버렸다
바짝 올라붙은 저 가슴
애무의 손길을 기다리고 있을까?

비비안리 뺨치는 잘록한 허리
은밀한 유혹을 뿌리치는 듯
아랫도리엔
각양각색의 나뭇잎으로 은밀함을 가리고
머리는 꽃으로 치장해 한층 멋을 내었다

너무도 따가운 시선에
나는,

아쉽게도
이 여인과 통성명도 못 하고
애꿎은 빈 커피잔만 내려다보다 나왔다

1950m

파산한 사내가
떠밀리다시피 올라온 1950m
화산이 남긴 흔적이 눈동자를 돌려세운다
창백한 물속을 들여다보니
포말마저 내친다

절벽 그 끝
다 던져 버리고 허여멀건 한 몸뚱이만 남아있지만
아니 몸뚱이도 삭아 들기 시작했지만
죽어서 백 년은 거뜬히 버티겠노라고
고사목은 사내를 비웃지도 않는다

묵직한 구름 덩어리
산 밑에 걸터앉으니
산 그림자 파산 신고처럼 밀려오고
들켜버린 속내 압류된 어둠이 품는다
후 두둑 피할 사이 없이 허공에 드니
아! 어디가 빠져나갈 문인가

얼라리

공기를 휘젓고 널배 하나 미끄러진다
싫지 않은 듯 썰물도 떠밀려 가고
미간이 시린 햇살도 동행한다

어그적 어그적 뒤뚱뒤뚱
평생 펄에 발목을 담근 채
자기 몸의 세배를 실어 나른다
힘에 부치면 아들 떠난 육지 한번 쳐다보고
그래도 힘에 부치면 노래 한 소절 수평선 너머까지 던진다
쑥쑥 빠지는 제 그림자 밟으며 미끄럼 치는 모습이 시커멓다
검붉게 검붉게 일몰이 밀려온다
일어서는 걸 못 보았는데 소피보는 엉덩이가 뽀얗다
잿빛 갯벌이기에 유독 눈이 부시고 탐스러운가

얼라리
거시기가 거시기해서
거시기가 찝찌리 한가 보다

과정

콘크리트 벽을 과감하게 뚫고
디지털 시대를 벗어나 아날로그를 고집한다

초대장 없이 빈산으로 거친 걸음 옮기고
그렇게
산간벽지에 얼기설기 엉덩이 주저앉혔다

밤새 울부짖는 녹수 따라 거친 울음 토하고
나무는 칼끝을 가는 소리를 내며 스산함을 더했다

설산에 갇혀 무딘 정적만이 감돌 때
배고픈 늑대처럼 울부짖으며 고독을 태우고

늦게 오는 봄을 따라 나물 뜯고 약초 캐며
어느덧 석 삼 년

빈곤함이 부끄럽지 않으며
비린내 나고 오장 육부가 썩어빠진
사회에 얽매이지 않아도 되기에
등지지 않을 수 없었다는

극과 극에서 양이 아닌 질적인 삶을 통해
그는

또 한 권의 책을 세상 밖으로 내밀었다

세상이 날 버린 게 아니라 내가 버린 거라며
이제는 호탕하게 웃는다

구름에 물든 산빛에 이제는 반했다나